AF359342

AVTRES OEVVRES POETIQVES DV SIEVR MAIRET.

A PARIS,

Chez ESTIENNE SOCIE´, ruë des sept
Voyes, à sainct Hilaire.

M. DC. XXXIII.

ODE

A MONSEIGNEVR

DE MONTMORENCY,

Sur son Combat Naual 1625.

BELLE *Nymple des Fleurs-de-Lys,*
Parez-vous de graces nouuelles,
Vos malheurs sont enseuelis
Dans le tombeau de vos Rebelles,
Ils sont punis les insolens,
Leurs efforts les plus violents
Se sont brisez comme du verre,
Leur vain orgueil est abbatu,
Le desespoir leur fait la guerre,
Leurs demons n'ont plus de vertu.
Sçache, France, qu'à l'aduenir
Le plus grand soucy qui te reste

C'eſt de perdre le ſouuenir
De toute matiere funeſte,
La raiſon veut que deſormais
Tes bons peuples mieux que iamais
En liberté ſe reſioüyſſent :
Mais tu leur dois apprendre auſſi
Que le repos dont ils ioüyſſent
Eſt venu de MONTMORENCY.

  O grand Duc ſans doute immortel,
Puiſque tes faicts ſont des miracles,
Pour te faire pareſtre tel
Que ne ſont mes vers des oracles,
Ou que ne peut la verité
Aux yeux de la poſterité
Produire tes faicts memorables?
Se pourroit-il treuuer vn lieu
Où les autels plus adorables
Ne te donnaſſent rang de Dieu ?

  Ie ſçay bien que tu n'aimes pas
Qu'on te parle de tes merueilles,
Cet entretien n'a point d'appas
Qui ne deſplaiſe à tes oreilles.

Mais quelque peur de te fascher
Qui me parle de relascher,
I'aime mieux donner mon estude
A rendre ton bruit eternel,
Que me noircir d'ingratitude
Par vn silence criminel.

Vn foible esprit ambitieux
Dont la vie est peu glorieuse,
Rend par ses actes vicieux
Toute loüange iniurieuse,
Mais toy qui nous fais auoüer
Qu'on ne te peut assez loüer
Pour auoir sauué la Patrie,
Si tu souffrois qu'on t'adorast
On verroit cette idolatrie
Sans que le ciel en murmurast.

Qui n'est contraint de confesser
Que nous deuons à ta vaillance
Le bonheur d'auoir veu cesser
L'authorité de l'insolence?
Ou quelle audace peut nier
Que durant l'orage dernier

L'Eſtat aît peu faire naufrage,
Si par vn ſalutaire effort,
Et ta conduitte & ton courage
Ne l'euſſent mis dedans le port?

La damnable ſedition
De tant de Françoiſes Megeres,
Rendoit noſtre condition
Digne des larmes eſtrangeres:
Ce mutins encore impunis
D'vn torrent de maux infinis
Alloient faire naiſtre vn duluge,
Dont les ondes courant par tout
Euſſent noyé, comme l'on iuge,
Le Royaume de bout en bout.

Leurs Pilotes impunément
Alloient par tout où va Neptune,
Et leurs vaiſſeaux inſolemment
Brauoient le temps & la fortune,
La vanité leur figuroit
Que cet empire dureroit
A l'egal de celuy des Parques,
Et que nos genereux Nochers

Redoutoient leurs moindres barques
Comme des bancs & des rochers.

   Ainsi croyoit à ses efforts
Toute puissance incomparable
Ce Geant dont le triple corps
Rendit l'Espagne memorable :
Mais d'abord qu'Alcide parut,
N'ayant rien qui le secourût
Contre les traicts de sa cholere,
Il connut par l'euenement
Que la honte sert de salaire
A ceux qui iugent vainement.

   A sainct Martin où ces Titans
Chargez des fruicts d'un long rauage
De canons & de combattans
Couuroient l'un & l'autre riuage,
Vit-on pas leur camp orgueilleux
Apres un combat perilleux
Nous laisser de sanglans trofees,
Et dans le meurtre vniuersel
Perir leurs troupes estouffées
Sous les monts de sable & de sel ?

Alors que peu leur fut vtile
Ce rang d'escueils & de remparts
Dont Nature de toutes parts
A couuert le front de cette Isle,
Que ce peuple fut esbahi
Que son courage fut trahi,
Et qu'il preuit vn grand carnage,
Quand il vit nos braues guerriers
Gaigner ses riues à la nage
Pour s'y couronner de lauriers.

Quinze heures le canon tonna
Vomissant la foudre qui gronde,
Le Soleil qui s'en estonna
De crainte se cacha sous l'onde,
Les cabords des chasteaux flottans
Par tout en flames esclattans
Estouffoient l'air de tant de poudre,
Que l'espouuantable arcenal
D'où Iupiter tire sa foudre
Fait moins de bruit & moins de mal.

On vit plus de boulets sanglans
Bondir dessus l'humide plaine,

Que l'Aquillon n'abat de glans
Lors qu'il luitte contre vn gros chéne ,
Ces meſſagers du monument
Des couleurs de l'eſtonnement
Peignoient les plus hardis viſages :
Et ſi par fois ils ne couroient
Que dans les mats ou les cordages ,
On euſt dit qu'ils en murmuroient.

  Dans les tumultes hazardeux
De tant de matieres funebres
Le danger encor plus hideux
Parut ſous le teint des tenebres ,
Les Tritons eſueillez du bruit
Parmy les ombres de la nuit
Voyant briller tant de lumiere ,
Creurent que les quatre Elements
Retournoient en l'horreur premiere
De leurs premiers deſreglements.

  Des montagnes de feu ſur l'eau
Firent la Mer toute allumee ,
Et l'Enfer comme en vn tableau
Se vit depeint en la fumee :

Toutesfois parmy la terreur
De tant d'objets noircis d'horreur
Et dans l'effroy des canonades,
Ton visage fut moins pâly
Que quand tu fais tes promenades
Dans ces iardins de Chantilly.

Au fort que l'Astre du malheur
Escumoit sa derniere rage,
Ton incomparable valleur
Te fit parestre en cet orage
Tel qu'en ce combat renommé
Où Briare fut assommé
Parut le grand Dieu de la guerre,
Quand Iupiter premierement
Fut contraint d'vsere du tonnerre
Pour sa defence seulement.

Quantes fois voyant ton bonheur
Pendre douteux sur la balance
Ay-ie maudit la faim d'honneur
Qui solicite ta vaillance ?
N'esperant rien & craignant tout,
Ie disois te voyant debout

Sur la coupe de ton Nauire,
Dieux ! ce courage est trop ardant,
Souffrirez-vous que pour trop luire
Vn bel Astre s'aille perdant ?
   L'ennemy ne pouuant s'aider
Que de la fuitte ou que des larmes,
Fut enfin contraint de ceder
A la puissance de tes armes ;
Ses gens vaincus, ses biens captifs,
Ses vaisseaux pris ou fugitifs,
Firent connoistre l'impuissance
De tous ceux dont la vanité
Choque vne iuste obeyssance
Auec espoir d'impunité.
   La fortune combla les eaux
De leur naufrage & de leur perte,
Et du desbris de leurs vaisseaux
Toute la rade fut couuerte :
Depuis nos ports en liberté,
Et nos peuples en seureté
Viuent à l'ombre de tes palmes,
Et l'inconstant moteur des flots

Que ta presence a rendu calmes
N'estonne plus nos Matelots.

   Les nids flotans des Alcions
N'ont plus à craindre sa cholere,
Ce Dieu n'a plus de passions
Que pour t'aimer & pour te plaire,
Et connoissant que ton grand cœur
Te doit bien tost rendre vainqueur
Des plus beaux lieux qu'il enuironne,
Desia son soin tout liberal
Pour te dresser vne Couronne
Choisit la perle & le coral.

   Apollon à qui sont ouuerts
Les cahiers des choses futures,
M'a les mysteres descouuerts
De tes plus belles ayantures,
Grand Duc, vn iour tes combatans
En despit des Mahometans
Dans le grand Caire iront descendre,
Et portant leurs pas plus auant
Que les Conquerans d'Alexandre,
Estonneront tout le Leuant.

On verra pasſir ces climats
A la preſence de tes voiles,
Et la cime de tes grands mats
Donner de l'ombrage aux Eſtoiles :
Alors ma veine coulera,
Alors mon ſein ſe meſlera
Au deſir de te faire viure,
Et ton nom ſera par mes vers
Eſcrit ſur les fueilles d'vn liure
Plus durable que l'vniuers.

Tourne doncques vers le matin
Pour accomplir ces Propheties,
Suy le bonheur de ton deſtin,
Et rend nos ames eſclaircies,
Tes ennemis ſont diſſipez,
Ton tonnerre les a frappez,
L'Ocean eſt leur cimetiere,
Et le reſte de leur malheur
Eſt pour donner plus de matiere
A ta pitié qu'à ta valleur.

ODE
SVR LA PAIX.

Au mesme Seigneur de MONTMORENCY.

1 6 2 6.

Esprits de sang, esprits d'enuie,
Dont les noires inuentions
Aux ciuiles dissentions
Ont si long temps soufflé la vie,
Si vos sens & vos yeux ouuerts
Aujourd'huy lisent dans ces vers
Les derniers traicts de nos miseres,
Apprendrez-vous sans murmurer
Que les Astres les plus seueres
Sont las de nous voir endurer?

Verrez vous sans vomir sur l'heure
Ce que vos seins cachent de fiel,
Que malgré vous tousiours le Ciel
Fait nostre fortune meilleure,

Et que ces François aueuglez
Que vos mouuemens dereglez
Auoient iettez dans la discorde
Touchez d'vn bon ressentiment
Ont treuué la misericorde
A la place du chastiment ?

　　Nostre Roy des Roys le plus iuste
A fermé de ses propres mains
Ce Temple qui chez les Romains
Fut autrefois clos par Auguste :
Le sanglant Demon des combats,
Le pouuoir & les armes bas
Sollicite en vain son courage,
Son orgueil meurt dessous ses fers,
Qui font rendre compte à sa rage
Des maux que nous auons soufferts.
　Comme on voit l'insolente audace
Des superbes moteurs des flots
Aux plus resolus matelots
Faire d'effroy pastir la face,
Puis apres comme le destin
Change tout du soir au matin

Le calme se coucher sur l'onde,
La bonace rompre le vent,
Et le commun flambeau du monde
Luire aussi net qu'auparauant.

Tout de mesme apres ces tempestes
Qui nous ont tant causé de pleurs,
Mais qui de nos Royales Fleurs
N'ont iamais fait pencher les testes,
Le souffle du Dieu souuerain
Rend nostre Ciel doux & serein,
La Paix chez nous est adorée,
Et sera chere à nos neueux
Plus qu'à cette saison doree
Où chacun luy faisoit des vœux.

Desormais les funestes marques
De nos domestiques discords
N'accroistront plus de tant de morts
Le fatal Empire des Parques,
Quelques si dangereux projets
Qui du Prince & de ses subiets
Ayent peu diuiser les Genies,
Maintenant il nous est permis

Deuoir

De voir nos forces reünies
En despit de nos ennemis.
Cette Reine de forteresses
Qui tire son nom d'un Rocher,
Dont l'Ocean n'ose approcher
Qu'en luy faisant mille caresses,
Et des places que le Soleil
Regarde entrant dans le sommeil
La plus forte & la plus mutine,
Malgré ses bastions espais
Ne doutoit plus de sa ruine
Sans le prompt secours de la Paix.
Ces fiers Demons qui sur la terre
Enuoyez du fonds de l'Enfer
Dans un corps de bronze ou de fer,
Imitent l'esclat du tonnere,
Deuenus muets & perclus
Ne tonnent ny ne frappent plus,
Le poids de leur masse grossiere
Les tient peut-estre enseuelis
Soubs le bris & dans la poußiere
De quelques remparts demolis

O Dieu! que la concorde est belle,
O! qu'elle a d'estranges appas,
Celuy-là ne la connoist pas
Qui fait gloire d'estre rebelle:
Depuis ce iour delicieux
Si contraire aux seditieux
Où nos ames se sont baisées,
La source de nos maux tarit,
Nos rancunes sont appaisées,
Rien ne nous fasche, & tout nous rit.

　Vne iaune moisson de gerbes
Va dorer le dos des sillons,
Où cy deuant les bataillons
Faisoient de sang rougir les herbes:
Au lieu du lamentable accent
Que d'vn pauure corps trespassant
Souspiroit la derniere peine,
La Bergere auec ses moutons
Resiouyt le mont & la plaine,
En l'innocence de ses tons.

　On n'a plus de rage ciuile,
Le bourgeois & le laboureur

Francs des outrages du coureur
Hantent les champs comme la ville ;
Et tel qu'vn esprit desbauché
Du ioug paternel arraché
Auoit porté sur vne bréche,
Apprend mesnager deuenu
Qui de la pique ou de la béche
Luy donne plus de reuenu.

Le païsan apres tant d'ouurages
Pour vanger son repos troublé
L'esprit au trauail redoublé
Retourne à ses premiers ouurages,
Il refait son petit foyer,
Et s'estudie à nettoyer
Ses guerets herissez d'espines,
D'vn soin d'autant plus mesnager
Que moins il croit que nos rapines
Aillent iamais les rauager.

MONTMORENCY, dont les merueilles
Sont si cheres à nos propos,
Ioüyt luy-mesme du repos
Que nous ont fait auoir ses veilles;

Eschappé de tant de hazars
Où pour nous la fureur de Mars
A fraischement porté sa vie,
Il voit qu'aujourd'huy son grand cœur
Dans les caresses de Syluie
Perd ce beau tiltre de vainqueur.

Elle d'vn regard moins profane
Et mille fois plus rauissant
Que le plus chaste & plus puissant
Que tirent les yeux de Diane,
Le coniure amoureusement
D'aller moins hazardeusement
Aux dangers qui suiuent les armes,
Et d'euiter le sort trompeur,
Au moins pour espargner les larmes
Que luy feroit verser la peur.

La Paix en fin est souueraine
Par tout où s'addressent ses pas,
Mille plaisirs & mille appas
L'accompagnent comme vne Reyne,
L'vsage des armes maudit
Desormais à tous interdit

Ne perdra plus tant de Nobleſſe,
Nos Dieux retourneront en Cour,
Et ſi quelque choſe les bleſſe
Ce ſeront les traicts de l'Amour.

SONNET,

Aux Rochelois, aſſiegez par Mr de MONTMORENCY.

Criminels boute feux de la Rebellion,
Execrables ſujets des dernieres batailles,
Vautours qui vous paiſſez de vos propres entrail-
Geants qui ſur Olimpe entaſſez Pelion :   (les,
Si iadis un Cheual triompha d'Ilion
Malgré ceux dont Priam pleura les funerailles,
Vous qui n'auės d'Hector que vos ſeules murail-
Croiez vous ſoûtenir les aſſauts d'un Lyõ ? (les,
Non non , tout cet amas de faſcine & de terre ,
Ces tours d'où votre Mars fait partir ſon tõnerre,
Et dont les fronts armez vont le ciel irritans :
Ces ramparts, ces foſſez, & voſtre ville entiere
N'eſt rien que l'appareil du large cimetiere
Où vous deuez perir comme les vieux Titans.

AVTRE.

Sur vn Papillon.

TOut beau, si tu me crois, ô Papillon folâtre,
Hay ce flābeau fatal dont le feu t'est si cher,
Et fuy ce faux ardant au lieu d'en approcher,
Ou tu mourras martyr viuant en idolâtre.

Dieux ! qu'à ce pauure Amant la nature est ma-
râtre,
Ses aisles & ses yeux le feront trébucher,
S'en est fait, ses souspirs attisent son bucher,
Il meurt trop amoureux & trop opiniâtre.

Mais, ô l'estrange erreur où ie tombe auiourd'huy!
Insensible à mon sort ie plains celuy d'autruy,
Ce petit Phaeton couché mort dans la flame

A baisé le suiet qui le vient d'embraser,
Où celle qui me brusle & qu'en vain ie reclame
Ne me donna iamais l'honneur de le baiser.

SONNET.

AV point que le sōmeil distile son breuuage,
Lasse des longs trauaux que me donne l'A-
mour,
Il me sembloit errer sur vne mer sauuage,
De qui les moindres flots estoient cōme vne tour.

Ma barque s'alloit perdre aux costés d'alentour
Quand celle dont les yeux ont causé mon seruage
A paru sur les eaux belle comme le iour,
Et me tendant la main m'a mis sur le riuage.

Alors l'esprit troublé de cette vision,
Ie m'escrie en sursaut, ô vaine illusion !
Dieux ! voyez comme quoy tout abuse mon ame.

Daphné qui des rigueurs est le viuant tableau,
En songe me defend de la fureur de l'eau,
Et me laisse en effect mourir dedans la flame.

AVTRE.

Vn Caualier demande recompense à sa
Dame sur le point d'estre mariée
à vn Conseiller.

Daphné puis qu'aujourd'huy vous me serez
 rauie,
Que mon amour n'a pû ce malheur destourner,
Au moins souuenez-vous que ie vous ay seruie,
Et que ma recompense est encore à donner.

 Vous allez commencer vne sorte de vie
Où vostre ame aux plaisirs se peut abandonner,
Sans que la medisance ou la ialouse enuie
Puissent auoir iamais dequoy vous estonner.

 Ie sçay bien qu'au dessein d'vne pareille affaire
Vn petit Conseiller est par fois necessaire,
Prenez toute vne nuict conseil auecque luy:

 Apres obligez-moy sans peur d'estre trompee,
Vostre honneur bien couuert aura pour son appuy
Ainsi qu'vn bon Estat la IVSTICE & l'ESPEE.

STANCES.

Sur vne absence,
Pour Mr de Soud.

SI ma tristesse est grande elle est bien pardon-
nable,
J'ayme trop cherement, & suis trop raisonnable,
Pour estre retenu,
Où le Demon qui fait les troubles de ma vie
Auec tous mes plaisirs m'a la Beauté rauie
Pour qui i'estois venu.

Ie sçay qu'elle s'en va d'vn mesme trait blessée,
Et que de la douleur dont mon ame est pressee
Elle en sent la moitié:
Mais c'est par où mon mal dauantage s'augmente,
Car sçachant qu'elle souffre en veritable amante
Elle me fait pitié.

Ainsi tout m'est nuisible, & contre la coustume,
Ce qui doit adoucir aigrit mon amertume,
Et par vn mauuais sort
Ce qui pourroit seruir aux autres de remede

Changeant de qualité me refuse son ayde,
    Et me donne la mort.

  On dit que par neuf fois le bel Astre du monde
Depuis qu'elle est partie a fait sa course ronde,
    Et moy i'aurois iuré,
Aueuglé dans la nuict de mes discours funebres
Pendant tout ce temps-là que les seules tenebres
    Auoient tousiours duré.

Dans l'humeur où ie suis ma noire inquietude
Amoureuse de l'ombre & de la solitude
    Fuit la presse & le iour ,
Et si ie pouuois bien complaire à ma follie
Vn lieu plus noir encor que ma melancholie
    Borneroit mon seiour.

Icy dans vn Palais où ie respire à peine
Mon Enfer tout le iour auec moy ie promeine,
    Et regardant par tout
Où m'auoient esclairé les yeux de ma Deesse,
Ie ne voy rien sinon desespoir & tristesse
    De l'vn à l'autre bout.

Ie m'estonne aussi tost , ie souspire , ie crie,
Et changeant mon amour en pure idolatrie

Ie cours de toutes parts,
Ie baise les endroits où ses pas s'imprimerent,
I'adore les objets que ses yeux animerent
De leurs sacrez regards.
Ie l'appelle par fois auecque violençe,
Et voyant à la fin qu' Amour & le silençe
M'ont long temps amusé,
Le desespoir me prend, ie maudis ma fortune,
Et blasme mille fois la raison importune
Qui m'a desabusé,
Parmy tant de douleurs tout ce qui me console
C'est que dans mon idee en forme d'vne idole
Absente ie la vois,
Dans cette fiction ie crois que ie la touche,
Mesmes que ie luy vois ouurir sa belle bouche,
Et que i'entends sa voix.
Mes peines, ie l'auoüe, alors sont diuerties,
Durant ce peu de temps ie treuue conuerties
Mes espines en fleurs,
Et mes yeux abusez par vn si doux mensonge
Dans ce plaisir trompeur qui passe comme vn songe
Donnent tréue à mes pleurs.

Mais soudain que mon ame est à soy reuenuë,
Dieux ! qu'elle se repent de s'estre souuenuë
      De ce qu'elle n'a plus:
Ie punis d'vn vray mal ce bien imaginaire,
Et mes pleurs retournant au canal ordinaire
      Recommencent leur flus.

Mesme lors que la nuict en son visage sombre
Fait ceder au retour du silence & de l'ombre
      La lumiere & le bruit,
Ce doux present des Dieux dont le charme inuisi-
ble
Donne aux plus malheureux vn relasche paisible,
      Me priue de son fruit.

Quand tout le monde dort ie veille & ie souspire,
Le sommeil qui voudroit estendre son empire
      Iusques sur mon ennuy,
Tient de mille pauots ma paupiere couuerte,
Mais quoy qu'il puisse faire elle demeure ouuerte
      Et ne veut point de luy.

Ie noye incontinent ces songes dans mes larmes,
Encore que ie sois asseuré que ces charmes
      N'ont que trop de douceur,

Et dans mon defefpoir bien fouuent ie m'efcrie,
Iuftes Dieux ! r'appellez le frere ie vous prie,
    Et m'enuoyez la fœur.
Mais i'ay beau les prier, ils font inexorables,
I'appelle à mõ fecours mes mains plus fauorables
    Preft à m'ouurir le fein,
Si la crainte que i'ay de defplaire à Syluie
Ne perdoit außi toft en conferuant ma vie
    Ce furieux deffein.   (ne,
C'eft ainfi qu'aux ennuis mon deftin m'abandon-
C'eft ainfi que ie vis fans efpoir que perfonne
    Me puiffe fecourir,
Vne double puiffance egalement me preffe,
Mon fort veut que ie meure, & d'ailleurs ma
  Maiftreffe
    Me defend de mourir.
O Demons enuieux de ma bonne fortune,
Vomiffez à ce coup fur moy voftre rancune
    Par vn dernier effort,
Car s'il aduient iamais que le Ciel me la rendre,
Il faut pour me l'ofter vne rigueur plus grande
    Que celle de la mort.

LE SOLITAIRE
AV COVRTISAN.

C'Est trop, cher Philemon, c'est trop croire
    à ce monde
Qui trompe si souuent,
Il est temps desormais que ton espoir se fonde
    Ailleurs que sur le vent.

Quitte ces vanitez où l'âge te conuie,
    Assez mal à propos,
Et parmy les douceurs d'vne plus seure vie
    Establis ton repos.

Quoy que tu puisse dire, & quoy que tu consultes
    Auec tes vains desirs,
Ce n'est pas dans la foule & parmy les tumultes
    Que naissent les plaisirs.

Nostre esprit qui du ciel tire son origine
    N'est iamais plus content
Que lors qu'en liberté luy-mesme s'imagine,
    Se regarde & s'entend.

C'eſt ordinairement dedans la ſolitude
     Qu'il eſt moins abbatu,
qu'il ouure à nos ſens le merueilleux eſtude
     Où s'apprend la vertu.

Nous ceſſons proprement d'eſtre ce que nous ſõmes
     Quand pour parler à Dieu
Il s'en va dans les cieux, & s'en fuit loin des hom-
     Sans ſe mouuoir d'vn lieu.   (mes

La Cour eſt vne mer aux ſaiſons plus ſeraines
     Perfide à ſes nochers,
Où tous les Courtiſans ſont autant de Syreines,
     De bancs & de rochers.

Là les plus grands vaiſſeaux font les plus grãds·
     Meſmes dedans le port,   (naufrages,
Et les plus aſſeurez remettent leurs voyages
     A la mercy du ſort.

Tous ont egalement la fortune pour Ourſe,
     Mais ſon aueuglement
Ne donne pas la fin d'vne pareille courſe
     A tous egalement.

Ie ſçay que la clairté dont luit cette infidele
     Ne manque point d'appas

Pour éblouyr tous ceux qui plus aueugles qu'elle
    Ne la cognoiſſent pas.
D'où vient qu'on en voit tant qui dans l'hun
    De viure en Courtiſans,   (vol
Abbattus de la perte & des biens & de l'âge
    Meurent en Artiſans.
Croy moy, ceux que tu vois à la ſuitte du Pri
    Auec plus d'appareil,
Ne deuiendront pas tous Gouuerneurs de Proui
    Ou Chefs de ſon Conſeil.   (c
Le ſort de qui la Cour eſt le premier mobile,
    D'vn caprice outrageux
Careſſera le ſot, choquant le plus habile
    Et le plus courageux.
Ne te pique donc plus d'vne choſe ſi vaine,
    Et ne ſois pas honteux
De ſortir d'vn Dedale où la peine eſt certaine,
    Et le repos douteux.
Où le vice gouuerne, & ce qui plus irrite
    Vn eſprit bien ſensé,
Où le plus fortuné ſans eſgard du merite
    Eſt le plus auancé.

Mais pour te faire voir que les choses prosperes
    Ont aussi leurs malheurs,
Et qu'on treuue souuent les plus noires viperes
    Sous les plus belles fleurs :
Posons que la faueur te tirant de la presse
    Conuerse auecque toy,
Et te face gouster la plus douce caresse
    De l'amitié d'vn Roy :
Penses-tu pour cela que le cours de ta vie
    S'allonge d'vn matin,
Ou qu'il soit moins subiet aux affrôts de l'enuie
    Et du mauuais destin ?
Nonnon, mon cher amy, la fortune se iouë,
    Et legere qu'elle est,
Quelques vœux qu'on luy face, elle aime que sa rouë
    Tourne quand il luy plaist.
Des presens qu'elle fait le plus riche est le pire,
    Son pouuoir indompté
Se piquant plus d'abattre vn orgueilleux Em-
pire
    Qu'vne simple Comté.

M

Elle oblige souuent de quelque bon office
    Ceux qu'elle doit hair,
Et flatte finement d'vn funeste artifice
    Ceux qu'elle veut trahir.

Tesmoin ce malheureux de qui les funerailles
    Et les derniers abois
Se sont faits dãs la bouë à l'aspect des murailles
    Du Palais de nos Roys.

Son fauory ressemble au cercle sur la face
    De l'onde paroissant,
Le moindre vẽt le trouble, ou luy mesme s'efface
    Et se perd en croissant.

Que les prosperitez que la fortune amene
    Sont promptes à venir,
Mais qu'il est difficile à la prudence humaine
    De les bien retenir !

Et puis quand vn bonheur n'auroit point de li-
    En vain nous nous flattons,   [mite
Veu que si par hazard luy mesme ne nous quitte
    En fin nous le quittons.

L'impitoyable mort d'vne rigueur commune
    Au milieu du plaisir,

Et mesme entre les bras de la bonne fortune
    A droict de nous saisir.
Elle exerce en tous lieux les fureurs nõpareilles
    De ses pareilles loix,
Car estant cõme elle est aueugle & sans oreilles
    Elle n'a point de choix.
    Le bucheron connoist sa puissance absoluë,
    Et dés que son courroux
Des plus grands de la terre à la fin resoluë,
    Ils meurent comme nous.
    Au premier coup mortel qui part de sa tẽpeste
    Leur Sceptre est abbatu,
Et les plus verts lauriers leur sechẽt sur la teste
    Et n'ont plus de vertu.
    Ils ont auecque tous la naissance commune
    Et le trespas commun,
Et iamais tant de gens qui flattent leur fortune
    N'en sauuerent aucun.
Ny plus ny moins qu'à nous leur propre sepul-
    Leur faict vn froid accueil,   [ture
Et leur membres sacrez ont là mesme auenture
    Qu'on a dans le cercueil.

                    M ij

Il est vray, leurs tombeaux ont de Royales
  marques
   (*Monuments superflus,*)
Qui ne monstrent que trop qu'ils ont esté Mo-
  narques,
   Et qu'ils ne le sont plus.
Ce pompeux appareil dont l'excez perissable
   Leur vanité confont,
N'est rien qu'vn bel amas de cimēt & de sable
   Que les âges defont.
Et qui brisant du poids de sa masse grossiere
   Ces orgueilleux depos,
Sans respect les escrase, & mesle sa poussiere
   A celle de leurs os.
Parmy ce grand esclat de reliques superbes
   Ils sont aussi bien morts,
Que le moindre berger, de qui parmy les herbes
   On chercheroit le corps.
Ainsi de leur grandeur vn lamentable reste
   Esclatte à leur trespas,
Mais il erre à l'entour de leur couche funeste,
   Et ne les y suit pas.

Soudain qu'ils ont perdu le iour & la Couronne
    Ils n'ont plus ces suiuants
Qui ne pouuoient assez approcher leur personne
    Quand ils estoient viuants.
Voila le dernier but, voila le dernier terme,
    Où le plus grand honneur,
Et la prosperité du monde la plus ferme
    Acheue son bon-heur.
Mesme cette Beauté qui pousse ton ieune âge
    En ces folles Amours,
Quelque appas que le Ciel ait mis en son visage
    Ne viura pas tousiours.
Ses yeux si doux qu'ils soient n'ont point assez
    de charmes
    Pour la Parque arrester,
Et les tiens ne sçauroient verser assez de larmes
    Pour la ressusciter.
Rien côtre les assauts que le tombeau nous liure,
    Ne nous peut secourir,
Il faut sortir du monde, où nous naissons pour
    viure,
    Et viuons pour mourir.

M iij

Fuy donc à l'aduenir les dangereuses toilles
  Que ce pipeur te tend,
Et loge tes pensers plus haut que les estoiles
  Où le vray bien t'attend.
Chasse les vanitez bien loin de ta memoire,
  Et songe desormais
Qu'il te faut acquerir cette infaillible gloire
  Qui ne perit iamais.

STANCES.

APres *vn assez long silence*
  Dont l'inhumaine violence
Esclaue du respect m'empeschoit de parler,
En fin ie suis contraint de crier que ie brûle,
Aussi bien c'est en vain que ie fuis & recule,
Deuoré d'vn brasier qui ne se peut celer.

  Du moment que ma destinée,
Ou malheureuse, ou fortunée,
Promena mes regards de sur vostre beauté,
Tant de perfections à mes yeux esclatterent,

Et d'vn si doux espoir ma passion flaterent,
Qu depuis mon esprit n'a plus sa liberté.
　　Cent fois le respect & la crainte
Ont tenu ma langue contrainte
Au milieu des tourmens dont ie suis martyré,
Et cēt fois mes regards & mes souspirs de flame
Vous ont pû faire voir que ie portois dans l'ame
Cet inuisible trait que vos yeux m'ont tiré.
　　Dans la crainte de vous déplaire
I'auois resolu de me taire,
Et de couurir mes feux des centres du tombeau;
Mais l'amour qui pour vo⁹ en mō ame s'imprime
Aduertit ma raison que ce seroit vn crime
De se taire en mourant pour vn sujet si beau.
　　Voyez si vous auez enuie
De causer ma mort ou ma vie,
C'est de vous que mon sort dépend entierement,
Si vous auez à gré que pour vous ie souspire,
Ie viuray plus content que d'auoir vn Empire,
Sinon le desespoir finira mon tourment.

M iiij

CHANSON,
Sur vne abfence.

De mon qui que tu fois qui me vas feparer
De l'obiet le pl⁹ beau que l'õ puiſſe adorer.
Et dõt l'amour extreme a mis mõ cœur en cẽdre,
Helas ! combien de fois m'as-tu veu fouſpirer
Depuis que tu m'as fait apprendre
Que ie n'ay point à craindre vn plus cruel treſ-
Que celuy de ne le voir pas. 		[pas,

Ie reſſens en feruant cette ieune Beauté
Ce que peut inuenter la pire cruauté,
Et ſçais tout ce qu'endure vne ame languiſſante
Qui voit d'vn long meſpris payer ſa loyauté:
Mais apres tout i'experimente
Que le plus grãd malheur qui me puiſſe arriuer
Eſt celuy qui m'en veut priuer.

Certes ſi le ſuiet de ma longue amitié
Eſprouuoit de mes maux feulement la moitié,
On verroit ſa rigueur, bien qu'elle foit extreme,
Se changer en amour ou du moins en pitié,

Et sa bouche dire elle-mesme.
Mõ Pasteur ie me meurs quãd ie te vois mourir,
Mais ie ne puis te secourir.

Vn charitable amy qui me voit souspirer
Censure mes regrets & les veut moderer,
Helas ! s'il auoit veu que ma Bergere est belle,
Il sçauroit que i'ay droict de me desesperer,
Et de dire, en m'esloignant d'elle,
Astres qui m'arrachez de mon souuerain bien,
Est-il vn mal comme le mien ?

Son cœur est si muable, & son œil si charmãt
Que peut estre du iour de mon esloignement,
Vn autre à mes despenssera dans sa memoire:
N'est-ce pas vne crainte à tuer vn Amant,
Et capable de faire croire
Que de tous les tourmens que souffre vn amou-
L'absence est le plus rigoureux.   [reux

Vn Pasteur desolé couché dans vn buisson
Au milieu de la nuit parloit de la façon,
Quãd les nymphes du lieu qui dãsoiët à la Lune
Acheuerent leur bal, quitterent leur chanson,
Et dirent d'vne voix commune,

Que iamais pauure Amant n'auoit fait des
Ny plus iuste ny plus secrets. (*regrets*

ODE.

L'Aurore.

LEs heures pressent de partir
L'Aurore & le char qui la porte,
Desia hannissent à la porte
Ses cheuaux qui veulent sortir.

Dans vn vase de diamant
Dix mille perles sont encloses,
Qu'elle respand auec des roses
Sur les habits de son Amant.

Aux premiers traits de sa clarté
L'horreur, le silence, & les ombres
Se retirent aux grottes sombres
D'vn desert du iour escarté.

Le iour commence de dorer
Les monts plus proches de la nuë,
Et Philomele à sa venuë
Parle aux forests de l'adorer.

Les cerueaux purgez des vapeurs
Qui font les nocturnes menfonges,
Nos fens ne reçoiuent des fonges
Que ceux qui font les moins trompeurs.

l'entends le diligent Colin
Qui met les bœufs à fa chárrette,
Et fa mefnagere Perrete
Qui parle d'aller au moulin.

Florife cueille en fon iardin
La rofe fraifchement venuë,
Et peint fa belle gorge nuë
De fon fueillage incarnadin.

Defia les innocens troupeaux
Tout en bélant quittent la créche,
Et pour treuuer de l'herbe fraiche
Cherchent les prez et les coupeaux.

Philis veux- tu pas t'efueiller?
Voy ton Berger qui te careffe;
Mon cœur d'où vient cette pareffe,
Vn Soleil doit-il fommeiller?

Dormiras-tu tout auiourd'huy?
Le Soleil acheue de boire,

De grace donne-toy la gloire
De luire au monde deuant luy.

   Comme au iour du sanglant festin
Ce Dieu que ta beauté surmonte
Moins rouge de feu que de honte
Reculera vers le matin.

PROSOPOPEE

DE LA NYMPHE

DE RE',

Sur la descente des Anglois,
1626.

Soleil consolateur des Nymphes affligées
Quand la fureur du sort les a des-obligées,
Depuis que ton flābeau fait les iours & les nuits
En as-tu veu quelqu'vne
Dont la pire infortune
Se puisse comparer à mes moindres ennuis?

Autresfois mon climat bornoit ma renommée,
Des hommes moins connuë, & des Dieux plus
   aimée;
Mais helas! maintenant, ô tragique destin
Ma disgrace funebre
M'a rendu si celebre,
Qu'on me connoist desia du couchant au matin.
   Desia la renommée est par toute la terre
Que ie sers de matiere aux projets de la guerre,
Et mes calamitez ont publié par tout
Qu'vne ville voisine
A iuré ma ruine,
Et fait tous ses efforts pour en venir à bout.
   On ne sçauroit côpter que la deuxiesme année
Depuis cette fameuse & fatale iournée
Qui m'arracha des mains de son peuple orgueil-
Quand pour ma deliurance   [leux,
Le Demon de la France
Fit sous le grand Alcide* vn effort merueilleux. Mont-
   Alors certes l'orgueil d'vne extreme insolence moren-
Fit place à la vertu d'vne extreme vaillance, cy.
Ie vis tous ces Tirans du tonnerre frappez,

Leur puissance destruite,
Et leurs vaisseaux en fuite
Abandonner mes ports qu'ils auoient occupez.
   Encore ne fut-ce pas sans respãdre des larmes,
Voiãt beaucoup des miẽstõber dessous les armes
Et beaucoup expirer dedans l'onde & le feu,
O sanglante victoire !
I'ay bien sujet de croire
Que tu m'as trop cousté pour me durer si peu.
   Deux batailles sur mer en ma faueur gagnées
Et le sang dont i'ay veu mes cãpagnes bagnées,
M'auoient fait esperer vne eternelle paix,
I'estois en asseurance,
Auec peu d'apparence   *(fais.*
D'ouurir iamais la bouche aux plaintes que ie
   Toutesfois mes malheurs recommencẽt leurs
     courses,
Accreuz de la moitié par de nouuelles sources,
Celuy que i'ay deffait s'apprefte à se vanger,
Et sa malice blesme
Trop foible d'elle mesme,
Se sert pour me frapper du bras de l'estranger.

Ces peuples que le Nort dans les glaces void
      naistre,
Ministres insensez de la fureur du traistre,
Me menaffant des fers, & les miés de la mort,
Ils m'ont enuironnée,
Et mon ame estonnée
Se perd dans les frayeurs d'vn lamétable sort.

     Ce n'est pas qu'en effet ie ne sois secouruë
D'vne troupe fidelle à mon ayde accouruë,
Qui tousiours vaillamment a pour moy côbatu,
Sa resistance est grande:
Mais helas! i'apprehende
Que le nombre à la fin n'opprime la vertu.

     La mort de qui le bras ne fait grace à persône,
Mes plus chers côbatans à toute heure moiffône,
Augmentant son empire auec ma douleur,
Et ces sanglans rauages
Courans sur mes riuages
Ont fait que l'Ocean a changé de couleur.

     Vn iour arriuera que la Barque estrangere
Venant droit à mes ports d'vne course legere,
Reculera d'horreur voyant mes monuments,

Et n'osera craintiue
Se fier à ma riue
La voyant comme elle est couuerte d'ossemens.
  On dira que mes bords sont les riuages blemes,
Ou que mes habitans sont tous des Poliphemes:
Et quelle authorité fera croire aux nochers
Que ces tristes reliques
Sont les effets tragiques
De la Rebellion, & non pas des rochers?
  Où sont ces bons François qui souloient me
  defendre?
Sur tout qu'est deuenu le genereux Tersandre*
Qu'à me donner secours son bras demeure tant?
D'où vient que sur ma riue
Son idole plaintiue
A mes yeux desolez se va representant?
  D'vn pas lent & superbe il erre sur mon sable
Dans la poudre & le sang à peine connoissable,
Ayant les yeux pressez d'vn funeste bandeau,
Et ses mains si puissantes
Maintenant languissantes
Souffrent des nœuds hōteux pires que le tōbeau.
O ! qu'il

Boute-
uille.

O ! qu'il est bien changé de ce qu'il souloit estre,
Quãd aux derniers cõbats ou ie l'ay veu parestre
Tel que Mars parestroit sous le visage humain,
Il acheuoit la guerre,
Et brisoit comme verre
Mes chaines & mes fers auec sa propre main.

　　Hector ne fit pas mieux dãs le port de Sigée,
Lors que pour le salut de sa ville assiegée
Il mit la flotte Grecque à telle extremité,
Que desia sur l'arene
Le soldat de Mycene
Auoit perdu l'espoir du retour souhaitté.

　　Les glorieux effects de sa valeur insigne
Monstrerent qu'il estoit veritablement digne
Du noble sang d'Alcide & de son amitié,
Et vainqueur debonnaire,
Sa douceur ordinaire
Fit que pour les vaincus il eut de la pitié.

　　Remarquable de taille autant que de courage
Il auoit dessus tous le pareil auantàge
Qu'auroit le plus haut Pin sur le moindre ar-
Les Nymphes qui le virent　　　　　(brisseau,

N

L'aimerent, le suiuirent
Et parurent cent fois autour de son vaisseau.

   Moy mesme ie cheris sa grace & sa vaillance
D'vn sentimēt plus fort que n'est la biē-veillāce,
Et cette passion fait qu'encor auiourd'huy
Quelque mal qui m'accable
Il est tres-veritable
Que ie crains moins pour moy que ie ne crains
     pour luy.

   Dieu vueille que ie sois vne fausse Cassandre,
I'ay tousiours mal pensé du destin de Tersādre,
Par la seule vertu iugeant de son malheur,
Veu que les plus grands hommes
Dans le siecle où nous sommes
N'ont de pire ennemy que leur propre valleur.

PROSOPOPEE D'ALCIDE*
APRES SON COMBAT NAVAL
de l'Isle de Ré.

SONNET.

Monstre de la nature, esclaue de l'orage,
Grande Mer dont les bras estreignent
  l'Vniuers,
Riuages blanchissans que le sort & la rage
De corps & de débris ont fraichement couuerts:

 En ce iour memorable où ie vangeay l'outrage
Que vous auiez receu de ces esprits peruers,
Où ie sauuay la Frãce au point de son naufrage,
Et redressay l'Estat qui tomboit à l'enuers:

 Vous sçauez biẽ que i'eus tout le contentemẽt
Dont vn cœur genereux se flatte iustement,
Suiuant de ses ayeuls la glorieuse piste.

 Mais ie vous iure icy mon baiser amoureux,
Que ie fus content en ce iour bien heureux
Où ie me vis vaincu des beaux yeux de Caliste.

Mr de Montmorency.

N ij

AVTRE,

Sur vne abſence.

Pour Mr de Soud.

EN ce fàcheux voyage où la rigueur cõmune
Du ſort & du deuoir m'oblige eſtroitement,
Tout s'oppoſe ſi fort à mon contentement,
Que meſme la clarté me deuient importune.

Il eſt vray que celuy qui gouuerne Neptune
Au fort de mes ennuis me fait vn traittement,
D'où tout autre que moy pourroit trop iuſtemẽt
Tirer de quoy ſe plaire en ſa bonne fortune.

Mais parmy les appas que m'offre ſa faueur
Ie demeure penſif, ſolitaire & reſueur,
Touſiours dãs le diſcours des beautez de Syluie.

O Dieux qui me voyez pãcher au monumẽt,
Donnez-moy cent regards & de haine &
    d'enuie,
Pourueu qu'elle m'en donne vn d'amour ſeu-
    lement.

SVR VNE CARPE,
enuoyée à Mr le Duc d'Aluin.

Moy qui né fis iamais harangue
Sinon en termes de poiſſon,
Sans contrainte & ſans hameçon
Ie viens icy t'offrir ma languë;
Si le Ciel m'euſt voulu doüer
D'vn peu de voix pour te loüer,
Ie benirois mon auanture,
Mais hors d'eſpoir de ce bonheur
Ie me conſole par l'honneur
De paſſer en ta nourriture.

CONSOLATION
A MADAME LA
Duchesse de Montmorency.

Sur la mort du Cardinal des Vrsins, son frere.

Vostre douleur, Syluie, est trop viue &
    trop forte
Pour la continuer,
Il faut ou la finir, ou du moins faire en sorte
    De la diminuer.

Quand l'esprit a tourné sa langueur en furie
    Elle en vient tost à bout:
Pleurez donc doucement, ou plustost ie vous
    Ne pleurez plus du tout.   (prie

Que vous ont fait vos yeux? quel suiet de co-
    Auez-vous receu d'eux ?   (lere
Ou biẽ où treuuez-vous qu'il faille pour vn frere
    En faire mourir deux ?

L'objet de vos ennuis estant incomparable
    Il faut s'en affliger,
Mais puisque d'autre part il est irreparable
    Il y faut moins songer.

Ainsi quelque grand dueil dont vous soyez at-
    On ne sçauroit douter   (teinte,
Que la mesme raison qui pousse vostre plainte
    Ne la doiue arrester.

Nõ que ie vueille icy les larmes vous defendre,
    En pareil accident
Le cœur le moins sensible ainsi que le plus tẽdre
    Est le plus imprudent.

Nous pouuons cõtenter vne douleur extreme
    De regrets mesnagez;
Et nature le veut, puisque c'est par où mesme
    Nous sommes soulagez.

Le sage que l'effort d'vn malheur sacrifie
    Au sentiment humain,
Se pleint bien auiourd'huy, mais la Philosophie
    Le guerira demain.

Quand la mort a rauy ce qui nous fut aima-
    Un vif ressentiment   (ble,

N iiij

Nous est touſiours permis, & n'eſt iamais blaſ-
   Qu'en l'excez ſeulement.   (mable

Ce frere meritoit d'vne plus longue vie
   Le cours plus aſſeuré,

Mais n'eſt-ce point aſſez, adorable Syluie,
   Que vous l'ayez pleuré?

Quel ſuiet dans le mõde auecque tãt de char-
   Peut rauir les eſprits,   (mes

De qui trop dignemẽt la moindre de vos larmes
   Ne puiſſe eſtre le prix?

De plus s'il eſt certain que les larmes des au-
   Nous puiſſent conſoler,   (tres

Apprenez deſormais qu'il eſt tẽps que les voſtres
   Acheuent de couler.

Non, vous n'eſtes point ſeule à qui cette in-
   Fait des ennuis ſecrets,   (fortune

Dans le reſſentiment d'vne perte commune
   Communs ſont les regrets.

Le Demon qui preſide à la garde de Rome
   En quitta ſon orgueil,

Et triſte accõpagna le corps d'vn ſi grãd homme
   Iuſqu'aux bords du cercueil.

C'eſt là qu'il eut le ſoin de conſeruer la gloire
    D'vn chef-d'œuure ſi beau,
Et qu'en deſpit du ſort il ſauua ſa memoire
    De la nuict du tombeau.

Cette douleur ſi grande & ſi peu diuertie
    Vous preſſe bien à tort,
Puis qu'encore de luy la meilleure partie
    Vous reſte apres ſa mort.

Ses rares qualitez qui n'auroient point d'e-
    Si vous n'eſtiez encor,   (xemple
Comme les plus grãds Dieux dans le plus digne
    Ont des autels tout d'or.   (Temple

Son corps bien qu'il ne ſoit que pouſſiere & que
    Au fonds du monument,   (cendre
A-t'il pire deſtin que celuy d'Alexandre,
    Ou du Pape Clement ?

La principale cauſe où voſtre dueil ſe fonde,
    Eſt qu'en cet accident
Cet aſtre en ſon midy contre l'ordre du monde
    A veu ſon occident.)

Mais n'en murmurez pas, les Dieux, ſage
    Le voulurent ainſi,   (Syluie,

Pour faire que sa mort de mesme que sa vie
Fust vn miracle aussi.

Si le Ciel est vn port où tout le monde aspire
Auec tant de hazard,

Qu'importe-t'il qu'enfin la barque ou la nauire
S'y rende tost ou tard?

Aussi bien mourant vieux le plus grand per-
Penseroit vainement   (sonnage
Obtenir chez les morts en faueur de son âge
Vn meilleur traittement.

Ce fier tyran qui vit où la lumiere est morte,
Nomma de mesme ton,
Et sans esgard du temps receut de mesme sorte
Nestor & Phaëton.

SONNET,

A MONSIEVR LE CARDINAL
DE LA VALETTE.

Vous le plus ferme appuy des filles de me-
        moire,
Et sãs qui leur soleil seroit moins qu'vn flãbeau,
Ne blâmez point la Muse, vn iour si sõ histoire
Ne vous fait refleurir dãs vn siecle nouueau.

Ce n'est pas qu'en effet vous n'ayez cette gloire
Par qui les vertueux s'exemptent du tombeau,
Mais c'est que la raisõ ne luy peut faire accroire
Qu'elle vous puisse ourdir vn destin assez beau.

L'incomparable cours de vostre belle vie
Qui vo⁹ rẽd glorieux mesme aux yeux de l'enuie
Fait mourir tout l'espoir qu'on a de vous loüer:

Et vos moindres vertus sõt vn si grãd mystere,
Que le Pere des vers est contraint d'auoüer
Qu'il faut tant seulement adorer & se taire.

ODE

Toy dont la flame vagabonde
Fait les Estez et les Hyuers,
Inspire moy les plus beaux vers
Pour le plus beau suiet du monde,
Donne les moy plus doux encor
Que ceux-là que ta bouche d'or
Souspira dessus le riuage,
Où ta Lyre en vain essayoit
D'appriuoiser l'humeur sauuage
De l'ingrate qui te fuyoit.

   Aussi bien faut-il qu'on auouë
Que ta fugitiue n'eut pas
Ny les vertus ny les appas
Qui sont en celle que ie louë,
Et que pour estre parmy nous
Plus veritable que ialoux,
Il faut que ton flambeau confesse
Que sous l'un & l'autre Orison

Il ne voit rien dont ma Princeſſe
N'efface la comparaiſon.

 Iamais la Reyne d'Amathonte,
Quelque auantage & quelque fard
Qu'elle puiſſe emprunter de l'art,
Ne la voit ſans rougir de honte ;
A l'aſpect de tant de beauté,
De douceur & de majeſté,
Elle eſt deffaite, elle eſt confuſe,
Et tient coupables les mortels
Dont l'ignorance luy refuſe
Des images & des autels.

 Quelle ſi luiſante planette
Au plus ſerain endroit des Cieux,
Au prix des aſtres de ſes yeux
Brille d'vne flame aſſez nette ?
Quelle Nayade au fonds de l'eau
A le teint plus frais & plus beau ?
Ou quel or aux riues du Tage
Se meſlant parmy les ſablons,
Eſclatte auec plus d'auantage
Que celuy de ſes cheueux blonds ?

Cette Amazone à qui Virgile
Sauue le nom du rang des morts,
En ses plus vigoureux efforts
Fut moins adroitte & moins agile :
Autresfois la sœur du Soleil
Eut la taille & le port pareil,
Quand doucement majestueuse
Elle enseignoit au fonds des bois
La discipline vertueuse
De bien viure dessous ses loix.

Quel ornement inestimable
N'accompagne ses actions ?
Ou bien quelles perfections
Ne la font pas treuuer aimable ?
Agreable & belle qu'elle est ,
Quoy qu'elle face elle nous plaist ,
Tous ses actes sont des miracles
Qu'on ne sçauroit desaduouer ,
Et ses discours autant d'oracles
Seuls capables de la louer.

Si le Dieu du Ciel & de l'onde,
Luy qui peut tout également ,

Pour un quart d'heure seulement
Me donnoit l'Empire du monde:
Princesse ie vous iure icy
Que mon credit & mon soucy
Ne seroient que pour vostre gloire,
Et qu'un renom bien estably
Exempteroit vostre memoire
Des ingrates loix l'oubly.

Mais sans flatter ma fantaisie
De ces vains & superbes vœux,
Et pour laisser à nos nevœux
Moins de haine & de ialousie ;
Ie veux d'un crayon eternel
Faire un tableau si solennel
A vos adorables merueilles,
Que le present & l'aduenir
Iugeant vos vertus par mes veilles
En garderont le souuenir.

Ces vers icy d'un tel ouurage
Ne sont que le moindre appareil,
Et de ce portrait nompareil
Ne font icy rien que l'ombrage ;

Mais soudain qu'vn plus grand loisir
Me donnera lieu de choisir
Vne tranquillité de vie,
Mes traits seront si delicats,
Que la complaisance & l'enuie
En feront egalement cas.

Ie vous peindray si glorieuse,
Que l'Amour en souspirera,
Et que sa mere adorera
Vostre beauté victorieuse :
C'est ainsi que ie feray voir
Plein de respect & de deuoir
Qu'Apollon hait l'ingratitude,
Et que ceux qui luy font accueil,
S'ils ont merité son estude,
Ne vont iamais dans le cercueil.

LES

LES
PREMIERES AMOVRS
DE L'AVTHEVR.
STANCES.

MVses vaines & mensongeres
Gardez vos promesses legeres,
Ie ne suis plus de vostre Cour:
Vos noms soient oubliez, & vos morts soiét en [poudre,
Puisque vostre laurier qui repousse la foudre
Ne m'a pû garentir de celle de l'Amour.

  N'attendez plus que ie reclame
Cette fureur qui donne l'ame
A vos immortelles chansons,
Apprenez que ce Dieu me tient sous son empire,
Et qu'aupres des chaleurs que son flabeau m'in-
    spire
Vos feux les plus ardents ne sont que des glaçõs.
  Enfin ma franchise est perduë,
Autresfois si bien defenduë
Aussi long temps que i'ay vescu:

I'abãdõne ma vie aux beaux yeux de Madõte,
Où le combat eſt grand la deffaite eſt ſans hõte,
Et laiſſe bien ſouuent de l'honneur au vaincu.
    Que mon ame fut glorieuſe
Quand ſa beauté victorieuſe
Aſſubiettit ma liberté,
Ie cõparay mon ſort au ſort du plus grãd hõme,
Et iamais Empereurs qui triõphaſt dans Rome
Dans ſon char orgueilleux n'eut plus de vanité.
    Le ſentiment de cette gloire
M'oblige de dire & de croire
Sans eſtre ny vain ny flateur,
Que ceux à qui les Rois donnẽt l'ame & l'oreille
N'ont point dans leur fortune vne douceur pa-
Au plaiſir que ie ſens d'eſtre ſon ſeruiteur. (reille
    Son eſprit dont la modeſtie
Cache la meilleure partie,
Rauit l'ame dans l'entretien,   (mes
Et d'ailleurs il eſt vray que ſon corps a des char-
Dignes des plus beaux vœux & des plus belles
    larmes
Que reſpãdent les yeux quãd le cœur aime biẽ.

Quelle audace ne rend hommage
A son front qui porte l'image
D'vne douce seuerité?
Son œil en ses regards a t'il rien de prophane?
Et qu'a chanté la fable en faueur de Diane
Qui ne se treuue en elle auecque verité?

    Il est vray que ie suis à plaindre,
Ayant plus de suiet de craindre
Que d'apparence d'esperer,
Car autant qu'elle est belle elle est impitoyable,
Et paye mon amour d'vn mespris incroyable,
Qu'autre esprit que le mië ne pourroit endurer.

    Depuis le temps que ie souspire
La cruauté de son empire
Eust rebuté les plus constans,
L'honneur de la seruir est ma plus douce enuie,
Et de tous les plaisirs que peut donner la vie
Ie n'en gouste pas vn à l'âge de vingt ans.

    Souuent que mourant auprés d'elle
Ie crois que mon amour fidelle
A diuerty sa cruauté,
Ainsi qu'auparauant ie la treuue insensible,

Et ne puis conceuoir comment il est possibe
De voir tant de rigueur auec tant de beauté.

On me dira m'attirés tant de peines,
De pleurs & de poursuites vaines,
Mes vers l'adouciront vn iour.

Mais faut-il esperer que son ingratitude
Puisse recompenser les fruicts de mon estude
Auec plus d'equité que ceux de mon amour?

Vne vtile defiance
De ma future patience
Me presse en vain de relascher,
Ie courray costoyer en despit de l'orage,
Et s'il faut en tout cas que i'y face naufrage,
Ce ne sera iamais contre vn plus beau rocher.

O Madame, si vos caresses
Dissiperent vn peu ces tristesses
Qui vont mon esprit agitant,
Mon amour & mes vers seroient vostre pein-
Tellement adorable à la race future,   (ture
Que l'image des Dieux ne le fut iamais tant.

Ce grand Vieillard insatiable
Qui d'vne faim insatiable

N'est iamais las de deuorer,
Le têps par qui çà bas tout s'altere & se chãge
Luy qui hait ses enfans, qui les perd & les mãge,
Luy mesme auroit le soin de la faire durer.

SONNET,

A MONSIEVR DENIS.

TV pêses, cher amy, que dãs ma solitude,
Et le pl' beau seiour qui soit en l'vniuers,
I'entretienne Apollon sous les fueillãges verds
D'vn esprit affranchy de toute inquietude.

Mais le commun suiet de nostre seruitude
Courãt à tous moments tant de dangers diuers,
Aussi tost que pour luy ie compose des vers,
Le soin de son salut interrompt mon estude.

Sur tout depuis vn temps ie n'ay pû reposer,
Aduerty du peril où se vont exposer
Deux vaisseaux sur qui seuls ma fortune se fõde.

L'vn s'expose sur terre aux têpestes de Mars,
Et l'autre en peu de iours va têter dessus l'onde
Du Rhosne impetueux les funestes hazards.

ODE.

Toy le meilleur de mes amis,
Bazan à qui l'art a remis
Les miracles de la Chimie,
Toy qui t'en sers vtilement,
Et de qui la pire ennemie
Est l'ignorance seulement.

Priué d'espoir d'estre soluable,
Veu que ie suis redeuable
De tous les biens dont ie iouys,
Ie publiray malgré l'Enuie
Que tes remedes inouys
M'ont par deux fois donné la vie.

Tes secrets qui sont des thresors
Combien ont-ils sauué de corps
De la rigueur des maladies;
Et quelle force n'ont-ils pas
Pour empescher les tragedies
Que pourroit faire le trespas?

Contre toute apparence humaine
Tu reculeras la mort prochaine

Que ie ne pouuois euiter,
Et donnas matiere de croire
Que le don de reſſuſciter
Ne merite pas plus de gloire.

　　Apres l'aſſiſtance des Dieux
C'eſt toy qui rendis à mes yeux
Les fruits de la clarté celeſte,
Lors que les foſſoyeurs de Ré
Marquoient deſia l'endroit funeſte
Où ie deuois eſtre enterré.

　　Sans toy Phœbus que ie reclame
Ne m'euſt pas faict couler dans l'ame
Les ſecrets qu'il m'a deſcouuerts,
Auſſi ſans toy l'œil de la France
Ne verroit pas dedans ces vers
Les marques de mon ignorance.

　　Ie n'aurois pas ſenty depuis
Les langueurs & les longs ennuis
Qu'vne ingrate Beauté me liure:
O ! que ton art me fit de tort,
Et que penſant me faire viure
Tu fus bien cauſe de ma mort.

FIN.